Sacrée Nuit de Noces !

VAUDEVILLE EN UN ACTE

de MM. Emile HERBEL & Aug. KESLER

4 H. — 4 F.

Créé aux Concerts Pacra (*Fauvette, Chansonia, Fantasio*)

Mise en scène de M. MAURAISIN.

SOCIÉTÉ DRAMATIQUE

Prix net : **1 fr. 25**

PARIS

G. KRIER, Éditeur, 51-53, Faubourg Saint-Denis

1913

Sacrée Nuit de Noces !

VAUDEVILLE EN UN ACTE

de MM. Emile HERBEL & Aug. KESLER

RÉPERTOIRE DE LA
SOCIÉTÉ DES AUTEURS DRAMATIQUES
12, Rue Henner — PARIS

Sacrée Nuit de Noces !

VAUDEVILLE EN UN ACTE

de MM. Emile HERBEL & Aug. KESLER

4 H. — 4 F.

Créé aux Concerts Pacra (*Fauvette, Chansonia, Fantasio*)

Mise en scène de M. MAURAISIN.

SOCIÉTÉ DRAMATIQUE

Prix net : **1 fr. 25**

PARIS

G. KRIER, Éditeur, 51-53, Faubourg Saint-Denis

1913

PERSONNAGES

Distribution

CYPRIEN PÉCUCHET, 30 ans, *pharmacien
mari de Rosa*........................ MM. PAULEY.

TOUMOCHE, 35 ans, *gardien de la paix*   KERLY.

POTARD, 25 ans, *élève en Pharmacie*...   FARGA.

FLAN, 60 ans, *père de Rosa, vieux
grincheux*.............................. MOTTAY.

ROSA, 20 ans, *pas très jolie, très gauche
ridiculeusement coiffée*............. Mmes DELILLE

EUSÉBIE, 45 ans, *femme de Flan*....... MYRRA.

TOTOTE, 25 ans, *maîtresse de Cyprien,
cocotte*.............................. MISS AZA.

CÉLINA, 18 ans, *bonne de Cyprien*..... YETTE LUCAS

La Voix de la Concierge.

La Voix du Pochard.

Sacrée Nuit de Noces !

VAUDEVILLE EN UN ACTE

de MM. Emile HERBEL & Aug. KESLER

Le théâtre représente une vaste chambre à coucher avec lit au fond à gauche, portes à droite, à gauche et au fond. En coulisse hors de la vue du public et à droite de la porte du fond est censé d'exister un escalier descendant à la pharmacie.

Une table est servie dans un coin.

La suspension électrique est allumée, ou une lampe allumée est sur la table.

Au lever du rideau, Célina, fait le lit.

SCÈNE PREMIÈRE

CÉLINA, *seule*

CÉLINA, *finissant de préparer le lit à gauche*

Là, les nouveaux mariés peuvent arriver, la couverture est faite... (*Dix heures commencent à sonner*). Dix heures, faut que j'prévienne M'sieur Potard, pour qu'il ferme la Pharmacie... (*Elle va au 1er plan droite, se penche comme si elle parlait du haut d'un escalier et crie :*) M'sieur Potard, il est 10 heures.

LA VOIX DE POTARD

Je le sais...

CÉLINA, *même jeu*

Vous pouvez fermer la pharmacie.

LA VOIX DE POTARD

C'est fait...

CÉLINA

Bien, comme ça je n'aurai pas besoin de descendre.

LA VOIX DE POTARD, *se rapprochant*

Non, puisque je monte... (*Il paraît à la porte venant du 1er plan à droite*). Et même me v'là monté. (*Il allume sa pipe*). Tu permets Célina.

SCÈNE II

CÉLINA (1), POTARD (2)

CÉLINA

Vous en avez un toupet de me tutoyer comme ça...

POTARD

C'est par affection... et puis, c'est plus commode... Tu peux m'tutoyer aussi...

CÉLINA

Ah ! ben merci, ça en ferait d'belles si l'patron, m'sieur Cyprien Pécuchet, m'entendait vous tuteyer...

POTARD

Oh ! Célina ! est-ce que tu aurais eu une faiblesse pour ton patron ?... est-ce que tu lui aurais tapé dans l'œil.

CÉLINA

Vous êtes bête ! vous savez bien que l'patron n'a des œils que pour mamz'elle Flan... même qu'il l'a épousée aujourd'hui et que tout à l'heure il va rentrer ici avec elle... à preuve que v'là leur lit que je viens de préparer...

POTARD

L'autel du sacrifice...

CÉLINA, *montrant la table qui est à gauche.*

Et que v'là un petit souper qui les attend.

POTARD, *regardant la table*

Mazette ! le sacrifice aura des adoucissements... Pâté truffé, écrevisses et les liquides, cristi ! sont-ils rutilants ! *Passe* 1. *Il se verse du vin et boit*). Epatant, ce lolo-là (*goûtant à une autre bouteille*). Et celui-ci, quel jus ! mirobolant ! (*Goûtant à un troisième flacon*). Epastrouillant !...

CÉLINA (2)

Vous gênez pas...

POTARD

C'est ce que je fais...

CÉLINA, *lui enlevant la bouteille*

C'est tout ce qui reste à boire ici... à part les potions du patron.

POTARD

Oh ! tant qu'il y en aura pour moi et pour lui !

CÉLINA

Et sa petite dame ?

POTARD

Va ! ce soir elle ne demandera pas l'ivresse à ce flacon... C'est à la coupe de l'amour qu'elle boira.

CÉLINA

Oh ! qu'vous z'êtes polissson : (*riant*). Hé ! hé ! hé ! hé !

POTARD, *buvant*

A ta santé Célina...

CÉLINA, *voulant l'éloigner de la table*

Voyons, M'sieur Potard... faut être raisonnable...

POTARD

Oui, tu as trouvé le mot... soyons raisonnables, Célina. L'heure est grave pour le patron... c'est-à-dire pour moi son aide et toi, sa domestique... M. Pécuchet est dans une situation désespérée, il doit son fonds... entre parenthèse, tandis le mien, le fond, ne doit rien à personne, je m'asseois dessus.
(*Il s'assied*).

CÉLINA, *l'empêchant de se verser du vin*

Mais ne buvez plus...

POTARD

Je disais donc que le patron devait sa pharmacie... il a même emprunté 1.500 francs pour les frais de la noce. Demain, dernière limite, voici l'exploit de l'huissier... (*Il sort un papier de sa poche*). S'il n'a pas payé dettes et fonds... maître Chopin saisit la boîte et nous expulse comme un vulgaire laxatif... Je deviens inspecteur des pavés... et il m'est dû quatre mois de salaire.

CÉLINA

Et à moi, neuf mois de gages !

POTARD

Alors, se voyant acculé à la faillite, le patron a dû prendre une résolution suprême, épouvantable !... le suicide !

CÉLINA

Comment le suicide ?...

POTARD

Oui, jeune godiche ! puisqu'il se marie ! Le mariage c'est le pire des suicides. Comme compensation, le sacrifice lui rapportera une dot : cinquante mille balles... C'est ce qui s'appelle prendre une femme à fonds perdu...

CÉLINA

Elle n'est pas trop mal la fiancée, mademoiselle Flan, qu'est-ce qu'elle fait ?

POTARD

Une fameuse bêtise ! puisqu'elle épouse le patron...

CÉLINA

Et le patron a eu du mal à la dénicher encore... paraît qu'il l'a reluquée aux bains de mer où la petite allait toujours à l'eau... Quels trucs elles ont les demoiselles pour dégoter un mari !... Pourtant on dit que Mamz'elle Flan est un peu cruche.

POTARD

Tant va la cruche à l'eau qu'à la fin elle se case.

CÉLINA

Comme ça, nous sommes tirés de la mistoufle ?

POTARD

S'pérons-le ! mais il y a le beau-papa qui pourrait encore nous empêcher de palper la galette !... ce vieux chameau de Flan... Cet idiot a ouvert une enquête sur le passé de son gendre et s'il venait à apprendre que le patron a une maîtresse, la jolie Totote, il lui dirait « Vous n'aurez pas la dot, pas d'argent, pas de suisse... » Je mets une cédille.

CÉLINA, *ne comprenant pas*

Une cédille !... Bonne Vierge !...

POTARD

Et l'enquête de cet imbécile n'est pas terminée... Jusqu'à présent il n'a rien découvert...

CÉLINA

Mais s'il apprend que M. Pécuchet a boulotté son avoir avec mademoiselle Totote ?

POTARD

Foutu ! Il ne casquera pas ?

CÉLINA

Eh ! là !... mais ce chameau, comme vous dites, il n'y aurait pas le moyen de le pren dre par le bon bout ?

POTARD

Il n'en a pas...

CÉLINA

C'est un phunomène...

POTARD

Je veux dire que ce crétin n'a pas de défauts. Il ne fume pas, ne rit pas, ne boit pas, ne... n'embrasse que sa légitime... Il ne crache pas non plus... à cause des microbes...

CÉLINA

Miséricorde ! Où le patron va-t-il se fourrer ?

POTARD

En amour on se fourre où l'on peut ! De plus, le père Flan a des principes inflexibles... Il est le secrétaire suppléant de la nouvelle ligue fondée par M. Béranger ayant pour but le relèvement de l'homme... vanné et de la femme... agenouillée.

CÉLINA, *effrayée*

O mon Dieu ! Qu'est-ce que vous dites ?

POTARD

Comprends-tu maintenant, jeune tourte, pourquoi cet idiot ne laissera pas croquer par les belles quenottes de Totote l'argent de sa fille... Mais hier nous avons paré le coup en envoyant Totote à Londres... sous le prétexte de chercher un nouveau remède pour les cors aux pieds... Le patron va passer la nuit ici avec son coffre-fort.

CÉLINA

Son coffre-fort ?

POTARD

Sa femme, quoi ? Puisque c'est elle qui a l'argent... Demain, après l'effraction du dit coffre-fort, il filera en Italie.

CÉLINA

Et après, si la Totote rapplique ?

POTARD

Ça n'aura pas d'importance ! La pharmacie sera payée, nous aussi... Les Flan reprendront leur héritière, s'ils y tiennent... mais leur galette... du flan ! J'aurai une bonne situation, toi... on te fera facilement une position intéressante.

CÉLINA

Alors, on peut vivre ; l'affaire est dans le sac ?

POTARD

Non, l'affaire n'est pas encore dans le sac puisque le coffre-fort conjugal n'a pas encore été fracturé... quand, demain... l'affaire aura été dans le sac... le sac sera dans l'affaire.

CÉLINA

Comprends pas.

POTARD, *se levant*

Ça ne fait rien... mais, chut ! on ouvre la porte de la boutique...

Bruit de voix en bas. (Sonnerie électrique)

CÉLINA, *va voir à la porte du fond*

C'est la noce...

POTARD, *faisant une aile de pigeon*

Monsieur Pécuchet et son coffre-fort !

CÉLINA

Alors le patron va toucher ?

POTARD

Tu parles s'il va toucher (*Il la lutine en la suivant*) et moi aussi !

CÉLINA, *se défendant passe à droite*

Oh ! m'sieur Potard, vous me chatouillez !... pour qui que vous me prenez ?...

POTARD (1)

Pour moi. (*Le bruit se rapproche*). Ils sont dans la boutique... ils montent l'escalier... Cavalons : (*Il prend Célina par la taille et il l'a fait sauter dans une chambre voisine 2e plan à gauche*).

SCÈNE III

CYPRIEN, FLAN, EUSÉBIE, ROSA

CYPRIEN, *paraissant le premier au 1ᵉʳ plan à droite, il est en habit, il se retourne pour offrir la main à Eusébie*

Par ici... là... vous y êtes... Attention, bonne maman... il y a encore une marche... là ça y est...

EUSÉBIE (*très aigre passe à droite en passant devant lui*)

Vous voulez nous faire rompre le cou !... C'est un guet-apens.

CYPRIEN (1)

Il est vrai que l'escalier est très étroit et un peu raide... mais un jour de noces... c'est de circonstances...

EUSÉBIE (2)

Vous êtes idiot !... est-ce pour nous assassiner et nous dire des incongruités que vous nous amenez chez vous ?

CYPRIEN

N'est-ce pas vous qui avez voulu passer la nuit ici... près de votre fille... (*il tend la main à Rosa (2) qui paraît en mariée ridicule*) je n'y tenais pas du tout, moi (*descend avec Rosa extrême-gauche*).

EUSÉBIE, *en robe et chapeau de cérémonie grotesques*

Je connais votre cœur... (*tendant la main à Flan qui paraît*). Attention mon chienchien.

FLAN, *en redingote* (3)

M'y voici Eusébie !... Ouf ! les cérémonies sont terminées.

EUSÉBIE (4)

Ça sent la garçonnière ici !

CYPRIEN

Enfin seuls !... (*enlaçant Rosa*) seuls ! (*chantant*).

Je sens lorsque je t'aperçois,
Comme un trembl .....

FLAN, *l'éloignant de Rosa passe* (2)

Ça suffit, Monsieur !

EUSÉBIE

Il tutoie déjà notre fille !...

CYPRIEN

Mais...

FLAN

Ce n'est pas le moment de chanter...

CYPRIEN, *ahuri*

Ah ! pas...

FLAN

L'instant est trop solennel... et pas drôle, s'pas fifille ?

ROSA

Oui, papa.

CYPRIEN

Mais je...

FLAN

Taisez-vous, nous sommes à bout de forces !

CYPRIEN, *aimable montrant la porte 2ᵉ plan à droite*

En ce cas si vous voulez vous reposer... voici votre chambre.

EUSÉBIE

Flan ?

FLAN

Eusébie ?

EUSÉBIE, *aigre*

Il nous vole notre enfant et nous envoie coucher !

CYPRIEN

Non ! voyons, vous êtes fatigué beau-papa...

FLAN, *montrant la table servie à gauche*

Ça ne vous regarde pas... et puis qu'est-ce que c'est que ça ?

CYPRIEN

Un souper...

EUSÉBIE

Vous n'avez pas assez mangé au restaurant ?

CYPRIEN

C'est pour Rosa... Pour ma Rosette.

EUSÈBIE

Vous n'êtes pas près de vous l'attacher, cette roselte là... N'est-ce pas Roro...

ROSA, *bébête*

Oui, maman...

CYPRIEN

N'empêche qu'un gentil souper...

FLAN

Un souper, pour ma fille... Qui croyez-vous donc avoir épousée ?

CYPRIEN

Mais... ma femme...

FLAN

Ma fille est-elle votre femme légitime ?

CYPRIEN

Parbleu !

FLAN, *ouvrant un livre qu'il sort de sa poche*

Alors, pas de souper... moi, je suis un homme de principes austères et je lis dans le Manuel de la promiscuité puérile et honnête de la Ligue pour la Chasteté conjugale, tome 3 paragraphe 37... que les mets excitants et les vins capiteux ne peuvent être offerts qu'à une... Eloigne-toi Rosa... qu'à une gourgandine.

CYPRIEN

Oh ! croyez que... j'ignorais... un jour de noces...

FLAN

Il y a noce et noces ! laquelle croyez-vous faire ?

CYPRIEN

Parbleu ! la mienne... la nôtre ! n'est-ce pas, Rosa ?

ROSA

Maman... dois-je répondre ?

FLAN, *en extase,*

Douce colombe... et il voulait la faire souper, le monstre... comme une... Eloigne-toi Roro... comme une... cocotte...

CYPRIEN

Mais sapristoche !

EUSÉBIE

Ça suffit ! on ne touchera pas au souper. Viens petite, que je t'enlève ton voile... (*pleurnichant*) ta couronne d'oranger...

ROSA

Oui, maman.

FLAN, *ému*

Spectacle touchant !

CYPRIEN

Ils sont touchés... tâchons que la dot la soit aussi... touchée... (*haut à Flan*) Ainsi c'est entendu, Monsieur Flan, selon votre promesse, je disposerai demain matin de la dot ?

FLAN ET EUSÉBIE, *bondissant*

Vous dites ?

ROSA, *dont la mère n'a pas lâché le voile*

Maman, tu me tires les cheveux !

FLAN

Eh ! ton mari tente bien de nous tirer la dot...

CYPRIEN

C'était bien entendu...

FLAN

Possible... mais on ne nous roulera pas comme tant d'autres, nous, Monsieur !

EUSÉBIE

Sûrement !

FLAN

Aujourd'hui, les jeunes gens ne se marient que pour dissiper la dot de leur femme avec... Éloigne-toi Rosa...

ROSA, *s'éloignant*

Oui, papa...

EUSÉBIE

Avec des créatures...

FLAN, *mettant un livre sous le nez de Cyprien*

Des grues !... Lisez le Manuel de la Ligue... le mariage n'est plus qu'une affaire.

EUSÉBIE

Et quelle affaire !

CYPRIEN

Ce n'est pas que je sois intéressé... mais vous m'aviez promis...

EUSÉBIE, *passe* (3)

Eh bien ! nous retirons notre promesse...

FLAN

D'autant plus que je n'ai pas terminé mon enquête tant vous avez précipité le mariage...

CYPRIEN

Quand on aime... Car j'aime Rosa... et elle m'aime aussi, n'est-ce pas ma petite femme...

ROSA

Je ne sais pas moi... Faut-il dire : «Oui». Faut-il dire : « Non ».

FLAN

Ne dis rien.

CYPRIEN

Ah ! qu'elle se taise ! Ça ne m'empêchera pas de crier ! « J'aime ».

EUSÉBIE, *l'interrompant*

L'argent ! la dot de ma tourterelle blanche...

CYPRIEN

Mais cet argent, il me servira pour payer mon fonds, lequel appartiendra à Rosa... ainsi que toute ma boutique.

FLAN, *furetant de tous côtés*

Attendez la fin de mon enquête... d'ailleurs je ne crois que mon manuel qui dit qu'aujourd'hui les hommes qui se lient par le mariage ne font que doubler de liaison.

CYPRIEN

Je vous jure pour la millième fois...

FLAN

Tome 2, paragraphe 18... Ainsi, pas de dot tant que je ne serai pas certain que nulle personne ne viendra se placer entre ma fille et vous.

CYPRIEN, *à part*

Pas d'argent, et on me saisit demain (*haut*). Je n'ai pas de liaison ! Je le jure ! Alors c'est convenu... demain je toucherai ?

FLAN

Demain, vous irez d'abord vous faire photographier tous deux.

ROSA

Oui, papa.

FLAN

Car, comme le dit mon manuel... en amour, c'est encore la photographie qui dure le plus longtemps... article 606. (*il fouille les meubles remonte au fond à droite avec Eusébie*).

CYPRIEN, *à part*

Ça s'arrangera. (*Haut, allant à Rosa*). Ma chère femme sera heureuse... N'est-ce pas... (*passe à droite.*)

ROSA

Je ne sais pas... Maman, dois-je dire : oui ?... dois-je dire : non ?...

EUSÉBIE, *qui cherche dans les meubles avec son mari*

Eh ! dis ce que tu voudras...

CYPRIEN, *à Rosa*

Et puis, j'entrerai dans la ligue de beau-papa.

FLAN, *fouillant dans la table de nuit*

Saligaud ! (*descend à gauche* (1).

CYPRIEN

Qu'est-ce que j'ai dit ?

FLAN, *montrant une mèche de faux cheveux*

J'en étais sûr ! Voyez ce que je découvre dans la table de nuit.

CYPRIEN (2)

Oh ! l'chiendent qui tombe dans la tisane !

EUSÉBIE (3)

Une tignasse de gourgandine !... et vous jurez que vous n'avez pas de liaison ?

ROSA (4), *beuglant*

Ah ! que je suis malheureuse ! (*Elle pleure dans le sein de sa mère.*)

FLAN

Voilà une preuve !

EUSÉBIE

Vous nous avez trompés.

CYPRIEN, *à part*

Patatras ! c'est Totote qui a oublié ça ! (*haut*). Mais c'est faux !

FLAN, *agitant la mèche*

Ça ! Ça ! Oui, c'est du faux !

CYPRIEN

Ça ! ça ? (*à part*). Quel bateau vais-je leur monter ? (*haut*). C'est une plaisanterie ! vous l'aviez dans votre poche...

FLAN

C'est infâme !... Retirons-nous ! (*remonte à droite* (2).

CYPRIEN (1), *à part*

Ça ne prend pas ! (*haut*). Ce n'est pas vous !... alors, faites voir... ça ! ça ! c'est à la boniche... oh ! ces filles ! Quels souillons ! Sacrédié ! Ça ne va pas se passer comme ça ! Célina ?... Célina ?... Potard ?... (*2ᵉ plan gauche Célina paraît en chemise et jupon*). Enfin ! vous voilà ? Dans quelle tenue... Ah ça ! où vous croyez-vous donc petite dégoûtante ?.. (*Elle passe devant Cyprien, prend le* (2).

SCÈNE IV

LES MÊMES, CÉLINA

CÉLINA (2), *riant*

Hé ! hé ! c'est pas de ma faute... c'est de la celle à M. Potard... Eh ! eh ! eh ! eh !

FLAN (3), *à Cyprien*

Pardon, vous ne l'interrogerez pas... vous êtes de mèche...

EUSÉBIE (4)

C'est le cas de le dire.

FLAN, *cachant la mèche derrière lui*

Répondez, Mademoiselle ; on vous accuse de négligence, est-ce vrai ? Vous avez perdu quelque chose...

CÉLINA

Ben ! Mon Dieu oui... mais je ne le regrette pas... Sacré Potard ! va !

CYPRIEN (1)

Vous voyez...

FLAN

Taisez-vous. (*A Célina*). Laissez-vous quelquefois traîner vos cheveux ?

CÉLINA

Oui Monsieur.

CYPRIEN

Là.

EUSÉBIE

Silence ! Où par exemple ?

CÉLINA

Sur mon cou... Sur mes épaules... Bé... Quelquefois dans la soupe... (*Elle rit*). Hi ! hi ! hi ! hi ! Mais je ne l'ferai plus.

FLAN

Et vous avez du faux ?

CÉLINA

Moi ?

FLAN

Oui.

CYPRIEN

Cherchez bien.

FLAN

Taisez-vous !

CÉLINA

Oui... oui... vous devinez tout ! on dirait que vous êtes funambule.

CYPRIEN

Ah ! vous voyez...

CÉLINA

Comme faux... j'ai une pièce de vingt sous que je ne peux pas passer.

FLAN

Et c'est tout ? cherchez bien ?

CYPRIEN, *à part*

Je n'ai plus un fil de sec. (*Descend un peu à gauche. Potard entre du 2e plan gauche*).

SCÈNE V

LES MÊMES, POTARD *à demi-vêtu*

POTARD

Ben ! quoi ! Célina ! tu me plaques... Oh ! pardon ! y a du monde.

FLAN

Lui aussi ! dans cette tenue !

POTARD, *gris*

Pardon... je me livrais à des... expériences sur Célina...

CYPRIEN, *à part*

Oh ! une idée ! (*Haut*). Je ne le lui fais pas dire !

FLAN

Taisez-vous ! (*Montrant la mèche*). Alors, mademoiselle, à qui appartient ecci ?

POTARD

A Célina.

EUSÉBIE

C'est faux ! cette fille est brune et les cheveux sont roux.

POTARD

Justement.

CYPRIEN

C'est Potard qui les a teints... au cours de ses expériences Ah !

FLAN

Est-ce vrai ?

CÉLINA, *à qui Potard fait des signes*

Dame ! ça s'pourrirait bien... vu que M. Potard m'en fait voir de toutes les couleurs...

CYPRIEN

Nous transformons le roux en brun... le brun en roux... le noir en blanc... le blanc en noir avec une lotion de notre invention.

POTARD

Et je l'ai expérimentée sur Célina.

CYPRIEN

Une bonne tête.

POTARD

Une gourde !

EUSÉBIE

Est-ce vrai mademoiselle ?

CÉLINA

C'est vrai, j'suis une gourde, qui paraît !

CYPRIEN

On ne le lui fait pas dire.

FLAN

Alors... au cours de ces expériences... c'est M. Potard qui vous... Comment dirai-je ? qui vous a enlevé... Ceci...

CYPRIEN

Répondez ?

CÉLINA

Eh ben oui là... j'avoue... hé ! hé ! hé ! C'est M. Potard qui me l'a enlevé... (*riant*) Hé ! hé ! hé !

CYPRIEN

Voyez, j'étais encore innocent !

FLAN

C'est bien, retirez-vous. (*Potard et Célina sortent, 2e plan à gauche*). Eusébie je suis ébranlé... je vais me coucher. (*Il remonte vers la porte du 2e plan à droite*).

SCÈNE VI

LES MÊMES, *moins* CÉLINA ET POTARD

EUSÉBIE *remonte au fond à droite*
Avec moi, mon chienchien...

CYPRIEN
Naturellement ! (*Allant à Rosa, passe à droite*). Enfin !
on va être seuls... (*Il la pince*).

ROSA
Maman ! il me pince ! (*Cyprien passe à gauche* 1).

FLAN (2)
Un peu de décence, Monsieur... Notre chambre ?

CYPRIEN (1), *la montrant 2 plan droite*
Là !...

EUSÉBIE
Bonsoir pauvre petite. (*Elle embrasse Rosa*).

FLAN
Pauvre chou.

EUSÉBIE
On la livre au bourreau ! (*Ils la tiennent enlacée et l'embrassent en pleurant*). Mon cœur se fend... pauvre chienchien va !

FLAN
Rosa ! ma fille ! Bonsoir...

ROSA, *pleurnichant*
Ah ! papa !...ah ! maman !

CYPRIEN, *à part*
Oh ! patience !... (*Haut aimable*). Le dodo vous attend...

EUSÉBIE, *passe* (2) *à Cyprien aigrement*
C'est bien... Monsieur.. je ne vous ferai qu'une recommandation... Eloigne-toi, petite... (*Rosa s'éloigne, descend à droite*). Voici l'instant cruel...

FLAN, (3)

L'instant fatal.

CYPRIEN (1), *aimable*

Permettez-moi de lui donner une autre qualification.

EUSÉBIE

Nous ne le permettons pas.

FLAN

A cette heure sinistre, où vous allez, loup sanguinaire, dévorer ce tendre agneau. .

CYPRIEN

Oh ! dévorer !... de baisers seulement...

EUSÉBIE

C'est déjà trop ! De ces baisers, tâchez que Roro ne souffre pas trop, ou sans ça, bernique...

FLAN

Vous n'aurez pas la dot...

CYPRIEN

Moi ! faire du mal à celle que j'adore !... oh !

EUSÉBIE

Faites attention... je vais veiller... au premier cri... au premier soupir... je l'emporte...

CYPRIEN

Je vous jure... bonne maman...

FLAN

Si vous la faites pleurer... je vous étrangle !...

CYPRIEN

Oh ! beau-papa...

EUSÉBIE

Un dernier mot... Roro, éloigne-toi encore... Avec vos maîtresses, comment vous y preniez-vous ?

CYPRIEN

Moi ? je... je n'ai pas eu de maîtresse...

EUSÉBIE

Ma Roro va s'en plaindre si vous êtes trop novice...

CYPRIEN

Moi ! novice ! pas du tout !

FLAN

Donc, vous avez une liaison ?

CYPRIEN

Mais non !

EUSÉBIE

Enfin... je vais veiller et gare à vous !... au premier cri, au premier appel... on vous arrache votre proie...

FLAN

Votre victime... (*Tour à tour ils embrassent Rosa*).

ENSEMBLE, *en sortant*

Assassin ! (*Ils sortent 2° plan à droite*).

SCÈNE VII

(1) CYPRIEN, (2) ROSA

(*Après leur départ Rosa et Cyprien se regardent mutuellement à la dérobée, aussi embarrassés l'un que l'autre*).

(1) CYPRIEN, *à part*

Je suis démonté... par quel bout commencer ?... Avec ça elle n'est pas jolie, jolie... (*Avec un soupir*). Je ne me sens pas emballé, moi...

(2) ROSA, *à part*

Comme il a l'air timide...

CYPRIEN, *à part*

J'y renoncerais... c'est un vrai remède contre l'amour. Bah ! payons nos dettes... Avalons la potion... (*Il va vers elle, elle ne bouge pas*). Ah ! s'il n'y avait pas l'exploit de Maître Chopin... Ça va être pénible !... (*Il tousse*). Hum ! hum ! (*Il se mouche*). Elle ne bouge pas ! Les vieux chameaux écoutent... comment forcer le coffre-fort sans douleur ? (*Toussant encore*). Hum ! hum ! Elle n'a pas bronché... (*Haut*). Nous sommes seuls...

ROSA

Oui, Monsieur.

CYPRIEN

Dans cette chambre.

ROSA

Oui, Monsieur.

CYPRIEN, *à part, l'imitant*

Oui Monsieur. (*Haut*). Dans cette chambre, où il y a un lit...

ROSA

Oui, Monsieur.

CYPRIEN, *à part*

J'ai envie de l'endormir ! Il n'y a pas, il me faut la galette demain. (*Haut*). Et... vous êtes contente d'être mariée ?

ROSA

Oui, Monsieur...

CYPRIEN

D'être ma femme ?... (*A part l'imitant*). Oui, Monsieur.

ROSA

Oui, Monsieur.

CYPRIEN

Combien vous étiez troublée à la mairie... à peine avez-vous articulé le oui sacramentel...

ROSA *baissant la tête*

Je vous demande pardon... je prononcerai mieux une autre fois.

CYPRIEN

Comment ! une autre fois !... (*A part*). Elle est gourde. (*Haut*). Ce souper ne vous dit-il rien... Avez-vous faim ?

ROSA

Oui, Monsieur.

CYPRIEN

Vous avez peut-être soif ? (*A part l'imitant*). Non, Monsieur.

ROSA

Non, Monsieur.

CYPRIEN, *à part*

Ça y est ! Quel prélude à une nuit d'ivresse ! (*Haut*). Vous êtes sans doute un peu fatiguée ? (*Même jeu*). Oui Monsieur.

ROSA

Oui, Monsieur.

CYPRIEN *à part*

Il n'y a pas... il faut brusquer... et les vieux... qui
veillent à côté... (*Haut*). C'était votre maman qui vous
déshabillait. (*A part*). Oui, Monsieur...

ROSA

Non, Monsieur... c'était moi.

CYPRIEN, *s'approchant*

Je pourrais-peut-être vous remplacer...

ROSA

Par qui ?

CYPRIEN

Par moi...

ROSA, *effrayée*

Oh ! monsieur !... Qu'est-ce que maman dirait ?

CYPRIEN

Elle ne le verra pas... (*Il s'assied sur le fauteuil à droite*)
Approchez..., je vais essayer mon adresse. (*Il l'attire sur
ses genoux par surprise*).

ROSA, *passe à gauche* (1)

Laissez-moi... laissez-moi ! je vais appeler... je ne veux
pas...

CYPRIEN (2), *lui fermant la bouche avec la main*

Silence ! Ecoutez !

ROSA, *cachant son visage d'une main et se défendant
de l'autre.*

Non... laissez-moi...

CYPRIEN, *imitant Flan*

J'ai lu dans le Manuel de la Ligue pour la chasteté conjugale Tome 54 page 3 paragraphe 752... qu'une femme
devait s'asseoir sur les genoux de son mari.

ROSA, *rassurée*

Vrai ?

CYPRIEN

Voulez-vous que je vous le fasse dire par votre père...
(*A part*). Ça prend. (*Haut*). A quoi pensez-vous, mignonne ?

ROSA

A rien...

CYPRIEN

Pas à moi ?

ROSA

Oh si !

CYPRIEN

Vous avez un beau corsage. (*Il lui défait un bouton*).

ROSA, *effrayée passe 2*

Oh !... Que voulez-vous, monsieur ?

CYPRIEN

Le bouton.

ROSA, *se défendant*

Oh ! monsieur... si maman...

CYPRIEN, *lui mettant la main sur la bouche*

Je vous assure que c'est permis... lisez le manuel de la promiscuité, tome 25... « Il n'y a que le premier bouton qui coûte ». Là (*Il lui enlève le corsage*). Là ! Les belles épaules... Je crois que ce corset vous gêne (*le délaçant*) et, vous savez... où il y a de la gêne...

ROSA

Oh monsieur... Vous allez trop loin....

CYPRIEN

Félicitations... vous êtes superbe... (*A part*). Elle est mieux comme ça...

ROSA

Ah ! je suis déshonorée !... (*Passe à droite* (2)).

CYPRIEN (1), *versant à boire*

Mais non... mais non... Et puis, ne criez pas comme ça... les autres n'auraient qu'à venir... Tenez... un petit Bordeaux pour vous remonter... à notre santé... (*Il la baise sur l'épaule*).

ROSA

Oh ! monsieur !.. c'est vilain, ça...

CYPRIEN

Est-ce que ça vous ennuie ? (*l'imitant*). Non, Monsieur...

ROSA

Non, monsieur.

CYPRIEN, *l'embrassant*

Ah ! (*A part*). Ça va, ça va. (*Haut*). Vous êtes adorable...
(*Il l'embrasse*). Ma jolie... ma divine...

ROSA, *émue*

Ah! vos baisers !.. Ça me rend toute drôle... Ça me tri-
fouille par ci, ça me picote par là... J'ai chaud, j'ai froid...
(*Elle se laisse aller*).

CYPRIEN

C'est l'amour ! (*A part*). Voilà le moment de forcer le
coffre-fort. (*Haut*). Rosa ! tu es belle... Rosa tu es divine...
Rosa ! tu es capiteuse... tu es douce comme le miel,
Rosa... Viens ! (*Il l'entraîne vers le lit*).

ROSA, *soupirant*

Maman !

CYPRIEN

Tais-toi ! je t'adore . (*A part*). Enfoncé le coffre-fort..
j'aurai la galette ! *Ils sont près du lit. Violente sonnerie.
Haut*). Ah ! zut !

ROSA, *se dégageant*

Qu'est-ce que c'est que ça ?

CYPRIEN

Rien... (*A part*). Sapristi ! Ça allait si bien ! (*Haut*).
Rosa, je vous embrasse encore. . tu es idéale... (*Sonnerie.
A part*). Oh ! la tuile !... Ça allait si bien...

SCÈNE VIII

LES MÊMES, EUSÉBIE

EUSÉBIE (2)

Entre du 2ᵉ plan à droite en toilette de nuit ridicule.

C'est toi qui m'appelles, fifille ?

ROSA, *vivement*

Non, maman.

EUSÉBIE

Est-ce que M. Pécuchet est convenable ?

ROSA *et* CYPRIEN, *l'imitant*

Oui, maman.

EUSÉBIE

Alors, qui a sonné ?

CYPRIEN

Un client, sans doute.. c'est le timbre de nuit de la pharmacie, je vais envoyer Potard...

EUSÉBIE

C'est bien,.. je veille.. vous savez... au premier cri... je vous arrache ma fille... (*Elle rentre 2° plan à droite*).

SCÈNE IX

LES MÊMES, *moins* EUSÉBIE

CYPRIEN, *passe à gauche*

Quelle douche ! L'alerte est passée...(*A part*), J'enverrais bien Potard, mais j'ai peur que ce soit Totote qui ait carillonné... je ne sais pas pourquoi... (*Sonnerie*). Oh ! oh ! c'est infernal ! (*Il assied Rosa sur ses genoux*). Zut ! je n'irai pas !

ROSA

Vous envoyez M. Potard ?

CYPRIEN

Oui... si le client récidive mais... (*Sonnerie prolongée*). Oh ! le butor. (*Il se lève, passe* (2). Il faut que j'y aille...

ROSA (1)

Je ne veux pas rester seule ici...

CYPRIEN, *la retenant*

Une minute... Je vais expédier ce fâcheux... (*Sonnerie. Criant au 1er plan droite*) Un peu de patience... (*Rosa veut s'en aller*). Je vous en conjure... (*A part*). Si c'était Totote, (*Haut*). Je reviens de suite.

ROSA

Non ! non ! restez !

voix, *de la Concierge*

Ouvrez donc, sale apothicaire...

CYPRIEN

Vous entendez ? des outrages... Laisserez-vous insulter votre mari ? Attendez-moi... Vous serez bien sage ? oui ? je reviens. . (*En sortant*). Ça n'est pas Totote ! (*A la cantonnade*). Voilà ! voilà ! on y va !... C'est vous !... vous la concierge... vous avez un culot... Que voulez-vous ? *Rosa, près de la porte écoute 1er plan droite*).

voix, *de la Concierge*

Je suis malade...

CYPRIEN, *à la cantonnade*

Que désirez-vous ?

voix *de la Concierge*

Deux sous de pastilles de menthe...

CYPRIEN, *furieux*

Deux sous ! Quel toupet !... Et c'est pour cela que vous me dérangez !... Voilà votre drogue... De la monnaie de 50 francs !... Fichez-moi le camp. . je vous en fais cadeau. (*Bruit de la porte qu'on ferme violemment*). Imbécile !... vieux gorille !... (*Il remonte et paraît*). Non, croyez-vous ?... A-t-on idée...

ROSA (1)

Vous faites de bonnes affaires !.

CYPRIEN (2)

Deux sous de pastilles de menthe. (*A part*). Elle aurait pu me faire manquer 50.000 balles ! (*Haut*). Vite chérie ! (*Il s'assied et l'attire sur ses genoux*). Rattrapons le temps perdu... mettons les bouchées doubles... (*Il délace le corset*).

ROSA

Mais... vous m'enlevez mon corset...

CYPRIEN

Oui. . il me gêne...

ROSA

Monsieur !

CYPRIEN

Rosa !... tu as un nom de fleur parfumée... laisse-moi t'effeuiller... (*A part*). Je tiens la clef... (*Haut*). Mon amour ! vous serez mon amour... (*Il lui enlève sa jupe*).

ROSA

Oh ! Monsieur... mais je suis en chemise...

CYPRIEN

Si elle vous gêne, je puis encore vous l'enlever.

ROSA

Ça jamais !

CYPRIEN

C'est toujours mon droit.., c'est le Manuel qui le dit... paragraphe 17.

ROSA

Je ne veux pas... je ne me suis pas mariée pour ça.

CYPRIEN

Tais-toi ! tu dis des bêtises !... (*lyrique*). Ah ! pourquoi es-tu si belle !

ROSA, *naïve*

Je ne sais pas.

CYPRIEN, *l'embrassant*

Tiens ! tu es délicieuse... je te gobe !... (*A part*). Elle se laisse faire... Ça va !... ça va !... A moi le coffre-fort. (*Sonnerie. Haut*). Oh ! c'est une malédiction !

ROSA, *effrayée*

N'y allez pas. . envoyez M. Potard ou je vais me coucher avec maman. .

CYPRIEN

Le pauvre garçon... il doit dormir... ça serait cruel... mais, je n'irai pas... pour deux sous de pastilles de menthe...

ROSA

Non... ne me quittez plus... J'aurais peur... Oh ! du bruit !

CYPRIEN

Nom de !... sapristi ! J'ai poussé la porte avec une telle violence qu'elle ne s'est sans doute pas refermée !... on monte...

ROSA

Je vais chez ma mère.

CYPRIEN, *l'enlaçant*

Rosa ! Vous ne ferez pas ça !

ROSA

Oh si !

CYPRIEN, *la retenant contre lui*

Mignonne... je t'en supplie !...
(*Un agent paraît 1er plan à droite*).

SCÈNE X

LES MÊMES, L'AGENT TOUMOCHE

ROSA

Oh ! un agent !

CYPRIEN

Hein ? Quoi ? que voulez-vous ?

TOUMOCHE

Pardon... excuse... la porte elle était ouverte...

CYPRIEN

Je le vois...

TOUMOCHE

Et moi, je vois que vous ne vous embêtez pas, monsieur Pécuchet... Encore en bombe ! Veinard ! va.. Elle est pommée, la particulière...

ROSA

Pourquoi pommée !...

TOUMOCHE

Par rapport aux petites pommes d'amour qu'on voit là.

CYPRIEN

Ah !

TOUMOCHE

Sacré M'sieur Pécuchet... vous êtes un chic type... le pharmacien rigolboche.. gobé des petites fafemmes...

CYPRIEN, *lui faisant signe de se taire*

Voyons, l'Agent Toumoche, quoi vous amène ?

TOUMOCHE

J'vas vous l'dire... seulement faut pas que la petite me regarde comme ça avec un sourire narcotique.

CYPRIEN

Narco... quoi ?

TOUMOCHE

Tique... Narcotique... comme qui dirait enivrant...

ROSA

Est-ce une inconvenance ? Dois-je rougir ?

CYPRIEN

Non, ma chérie... (*A l'Agent*). Voyons, vite, dites ce que vous voulez.

TOUMOCHE

Voilà... c'est un pochard qui est en bas...

VOIX, *du Pochard*

Un kilo de pive... Troquet de malheur... un kilo de pive, ou je démolis la baraque...

TOUMOCHE

Vous l'entendez ?... nous l'avons rencontré saoul comme vous et moi... on vous l'a amené pour lui faire passer le goût de l'aramon. (*Bruit de bris de verres*). V'là qu'il tape aans vos bocaux...

CYPRIEN

S'élançant passe (3) à la porte du 1er plan droite.

Oh ! malédiction ! Il faut que je descende...

ROSA

Ne me laissez pas... j'ai peur...

TOUMOCHE (2), *criant*

Ah !

ROSA ET CYPRIEN, *effrayés*

Quoi ?

TOUMOCHE

Je la connais votre p'tiote !

ROSA (1)

Vous me connaissez ?

TOUMOCHE

Tu parles... vous êtes la petite Chlorate...

ROSA

Moi ?

TOUMOCHE

La celle que les rogolos comme nous appellent la p'tite Chlorate de pétasse...

CYPRIEN

Taisez-vous, agent Toumoche, vous dites des insanités...
(*Nouveau bruit en bas*). Encore ! (*Bruit prolongé*).

TOUMOCHE

Sacré pochard ! le v'là marteau... son état de sobriété
lui a donné une aliénation monumentale... (*Bruit*).

CYPRIEN, *poussant l'agent vers la porte*

Il démolit tout... Je descends, Rosa... Après je ferme
la porte et je ne vous quitte plus... Descendez, l'agent Toumoche... Quelle nuit de noces ! mon Dieu ! quelle nuit de
noces. (*L'Agent sort, Cyprien le suit*). Rosa, je reviens de
suite.

SCÈNE XI

ROSA, *puis* CYPRIEN

ROSA

Mes amies qui me disaient que c'était si gentil une nuit
de noces... Elles se trompaient joliment... (*S'habillant*).
Mettons ce peignoir. J'ai sommeil, c'est embêtant !...

VOIX *de Cyprien*

Voilà de l'ammoniaque vous lui ferez prendre ça au
poste...

VOIX *du Pochard*

T'es un frère... viens prendre un verre...

VOIX *de Cyprien*

Foutez-moi le camp !

ROSA, *écoutant*

Oh ! il dit des gros mots ! Il remonte enfin !

CYPRIEN, *cantonnade*

Me voici, ma chérie. (*Paraissant 2*). Vous savez je peux
dire que l'agent ne fait pas le bonheur... Pourquoi vous
habiller. J'ai expédié tout le monde. Vilaine, voulez-vous
enlever ça ! Nous sommes seuls, maintenant...

ROSA

Non, monsieur... Laissez-moi comme ça ou j'appelle maman.

CYPRIEN

Ah ! non alors !... Restez donc ainsi, mais... au dodo... (*Il la soulève et la porte sur le lit où elle s'asseoit les jambes pendantes*).

ROSA, *rabaissant son peignoir*

Monsieur, ne me regardez pas les jambes...

CYPRIEN, *la couchant*

Alors, cachez-les... sous les draps... je vous rejoins. (*Il se déshabille. A part*). Sauvé ! Le coffre-fort va être fracturé... (*Chantant*).

Je sens lorsque je t'aperçois
Comme un tremblement qui m'agite

ROSA

Oh ! monsieur que faites-vous ? Vous vous déshabillez devant moi ?

CYPRIEN

Dame ! je suis votre mari...

ROSA

Ça n'est pas drôle !

CYPRIEN, *à part*

A qui le dit-elle ? (*Haut*). Maintenant, chérie... une toute petite place... (*Il se couche*) et je suis à vous... Bonjour ma cocotte...

ROSA

Bonsoir, monsieur... je veux dormir.

CYPRIEN

Dans mes bras.

ROSA

Laissez-moi ou j'appelle maman... (*Sonnerie au dehors*).

CYPRIEN, *furieux*

Ah ! zut !

ROSA

Encore ?

CYPRIEN, *avec désespoir*

Toujours ! Ah non ! ce n'est pourtant pas le moment. (*Il se lève et passe son pantalon, passe devant le lit va vers la porte 2ᵉ plan gauche*). Potard !... Potard !... Je vais le prier de veiller dans la boutique... il n'y a plus d'autre solution.

SCÈNE XII

LES MÊMES ; POTARD *très ivre*

POTARD, *entre du 2ᵉ plan gauche prend le* (2).

Voilà... voilà... pa... pa... tron... bonsoir pa... patronne.

CYPRIEN, *le poussant dehors*

On a sonné, descends... tu veilleras dans la boutique. (*On sonne*).

POTARD, *chantant*

Sonne ! sonne ! sonne
Gentil carillon

CYPRIEN

Tais-toi... descends... va ouvrir... Mais il est ivre, l'animal...

POTARD, *chantant au dehors*

Digue digue don !
Sonne ! sonne ! sonne, etc.
(*Sonnerie*).

CYPRIEN, *près de la porte*

Vite ! et ne bouge pas de la boutique... (*Revenant*). Quelle nuit de noces ! mon Dieu ! quelle nuit de noces.

SCÈNE XIII

CYPRIEN ; ROSA

ROSA (1)

Quelle idée d'avoir voulu coucher ici !

CYPRIEN (2), *se redéshabillant*

C'est à cause de Totote... (*Il se couche*).

ROSA, *surprise*

De Totote ?

CYPRIEN

De To... tote la clientèle (*voulant l'enlacer*). Et maintenant... Oh ! Rosa ! à nous l'amour ! à nous les délices de la volupté.

ROSA, *le repoussant*

Laissez-moi, je veux dormir... Na !

CYPRIEN *insistant*

Non ! non ! dans mes bras, te dis-je, dans mes bras...
(*Bruit de pas et de sabre*).

SCÈNE XIV

LES MÊMES, *l'agent* TOUMOCHE

ROSA, *effrayée*

On monte... (*Elle se cache sous la couverture*).

CYPRIEN, *se dressant sur son lit*

C'est infernal ! Qu'est-ce encore ?

L'agent TOUMOCHE (3),
Paraissant à la porte 1er plan droite

Ne vous dérangez pas mes petits tourtereaux... ça n'est que moi...

CYPRIEN (2), *se levant furieux*

Est-ce que vous vous fichez du monde ? à la fin... Filez d'ici et vivement... Si vous avez besoin de quelque chose, parlez à mon employé dans la boutique.

TOUMOCHE

Votre employé il est saoul comme trois bourriques... il ne veut rien entendre... Faut me suivre au poste...

ROSA, CYPRIEN

Au poste ?

TOUMOCHE

C'est z'un accident d'autetoimobile... qu'il a défoncé la marchande de tabac... qu'il va falloir lui poser au moins douze carreaux pour la réparer.

ROSA

La marchande de tabac ?

TOUMOCHE

Non... sa devanture... même qu'elle est tombée dans le digue digue.

CYPRIEN

La devanture.

TOUMOCHE

Non... La marchande.

CYPRIEN

Tant pis pour elle. Je suis harassé... descendez, emmenez... Potard... et fermez bien la porte surtout...

TOUMOCHE, *s'en allant*

J'vois c'que c'est... Vous tirez au flanc... vous refusez...

CYPRIEN

Hermétiquement... partez et fermez la porte de même...

TOUMOCHE

Ah ! vous refusez... soit, je pars solitaire et majestueux... mais il vous en cuira... vous voirez ! vous voirez !

(*Il sort 1er plan droite*).

SCÈNE XV

LES MÊMES, *moins* L'AGENT TOUMOCHE

CYPRIEN

Ouf ! Jamais je n'ai vu nuit pareille. (*Sautant à bas du lit et écoutant*). Enfin ! il part... J'entends fermer la porte... Ça n'est pas trop tôt...

ROSA

Oh oui ! je voudrais bien dormir.

CYPRIEN, *allant au lit*

Pardon, je crois que ce n'est pas encore le moment, ma toute mignonne...

ROSA

Mais si, monsieur... il est au moins onze heures !... si vous ne voulez pas dormir... allez veiller dans l'officine...

CYPRIEN, *tendre*

Rosa ! ma petite Roro, vous ne dites pas ce que vous pensez ?

ROSA

Oh si ! Vous me gênez pour dormir...

CYPRIEN, *cherchant à l'embrasser*

Ma petite cocote... laissez-moi vous adorer ?

ROSA

Ce sera long ?

CYPRIEN

Oh oui !

ROSA

Je ne peux pas... j'ai sommeil.

CYPRIEN, *s'apprêtant à se coucher*

Oui, mon chien... (*A part*). J'aurai la galette... Ouvrons le coffre-fort. (*Haut*). Chut. (*Il met une jambe dans le lit*).

SCÈNE XVI

LES MÊMES, TOUMOCHE

TOUMOCHE (3), *entre du 1er plan droite*

Ne vous gênez pas pour moi.

CYPRIEN (2)

Encore ! Malédiction : Vous n'êtes donc pas parti ? J'ai pourtant entendu fermer la porte...

TOUMOCHE

Je suis parti... j'ai fermé la porte, mais je suis revenu et je l'ai rouverte.

ROSA

Pourquoi ?...

CYPRIEN

Oui ! pourquoi ? pourquoi ? pourquoi ?

TOUMOCHE

C'est pour un autre accident accidentel qui vient de se perpétrer devant votre porte... Faut vous lever tout de suite...

CYPRIEN

Je ne peux pas monsieur l'agent... voyons ! mettez-vous à ma place !

TOUMOCHE

Et ! je ne demanderais pas mieux, foutre ! Mais c'est pressé... il y a une victime...

CYPRIEN, *désespéré*

La victime ! c'est moi !

TOUMOCHE

J'ai déjà rédigé mon rapport... Zieutez-moi ça. (*Il lit un papier*). « Etant à bicyclette, un homme a passé sur une femme sans grelot, ni lanterne ».

CYPRIEN

Ce n'est rien.

ROSA

C'est affreux !

TOUMOCHE, *lisant*

« La femme a une légion d'internes dans l'estomac... et une blessure à l'arcade souricière... »

CYPRIEN

Appelez un médecin... deux médecins, trois médecins... mais fichez-moi la paix...

TOUMOCHE, *se fâchant*

J'en suis le gardien de la paix, mais je ne vous la ficherai pas... je vous requiers... au nom de la loi... Et puis j'en ai assez... votre petite pétasse m'assomme à me transpercer toujours avec son sourire narcotique... allez, ouste !

CYPRIEN

Mais vous allez me faire tout rater... le coffre-fort va rester fermé...

ROSA

Quel coffre-fort......

TOUMOCHE

Une fois, deux fois... vous voulez pas vous déplumer ?

CYPRIEN

Allez chez un autre pharmacien,

TOUMOCHE

Ah ! vous vous payez ma cafetière ! La cafetière de l'autorité... (*Il le tire à bas du lit le fait passer à droite* (3). Ouste ! et habillez-vous vivement. . ou je vous coffre... J'attends dans la boutique... et pas de rouspétance ou je fais un rapport !... (*En sortant avec mépris*). Pharmacien ! Pharmacien.

SCÈNE XVI Bis

CYPRIEN, ROSA

CYPRIEN, *s'habillant*

Il faut y aller... malheur de malheur !

ROSA

Moi, je vais aller retrouver maman.

CYPRIEN

Impossible ! Vous ne le pouvez plus... depuis que nous avons couché ensemble,

ROSA

Vrai ? Alors... ça y est... j'ai un enfant !...

CYPRIEN

Oui... non, et puis... je reviens de suite... le temps d'expédier cette blessée et... tenez... pour tromper les longueurs de cette petite attente, lisez... le journal... Je vous gobe, tu sais chérie. (*Il l'embrasse*). Je reviens de suite... Je vais dire à l'agent de veiller sur la maison puisque Potard est ivre-mort... A tout de suite... Rosa... ma petite Rosa... je reviens pour ne plus vous quitter cette fois... Je t'adore...

(*Il sort 1er plan à droite*).

SCÈNE XVII

ROSA, *seule*

Mère... je vais être mère !... qu'est-ce que maman dira si ça se voit déjà... Je suis tout-émue... pour me distraire, lisons le feuilleton... (*Elle prend le journal et lit avec une émotion croissante*). « Les amours du guillottiné ». Ce jour-là, le soleil se leva bien avant le jour ; le misérable se leva aussi. « Il me faut encore une femme » s'écria-t-il en mettant ses chaussettes ! Il quitta son repaire en prenant son courage à deux mains et la rampe de l'escalier. Il gagna rapidement la campagne et s'engagea dans la forêt comme jadis il s'était engagé dans la légion étrangère. A ce moment la jeune bergère que le monstre convoitait était assise dans la clairière. Elle lisait un roman d'un œil et grignotait du pain sec de l'autre. A la vue du misérable elle pâlit. Le lâche se précipite sur la frêle enfant et l'agite avant de s'en servir ? Le spectacle est horrible. La pauvrette se défend avec désespoir mais à ce moment le satyre la prend par les cheveux. Attérée, la bergère met sa main sur son cœur et s'affaisse. Elle tombe, fleur flétrie, en murmurant d'une voix mourante à son horrible bourreau... La suite au prochain numéro... (*Elle a terminé en sanglotant*). C'est triste, cette histoire-là... (*Bruit de pas*). Du bruit... ça doit être mon mari.

TOUMOCHE *à la cantonnade*

Sacré nom d'une bourrique !

ROSA

Encore l'agent ! (*Cris de femme*). Il n'est pas seul ! encore une blessée !... J'ai peur ? (*Elle se lève descend, à droite*). Non... je ne peux pas réveiller maman... on monte, ô ! mon Dieu !... M. Pécuchet m'a dit qu'il y avait encore une chambre... là... on va entrer... ô mon Dieu !... mon Dieu !... Fuyons la police !... *Elle entre dans la chambre d'amis 1er plan gauche*).

SCÈNE XVIII

TOUMOCHE, TOTOTE

TOUMOCHE (1),
Entre du 1er plan à droite en soutenant Totote qui boite.

Tiens, la petite femme au sourire narcotique elle s'est évaporée...

TOTOTE (2)

Oh ! que je souffre !

TOUMOCHE, *la faisant coucher sur le lit*

Faites coucouche sur le dodo au pharmacien... Il est au poste, mais je cours le quérir... il vous soignera... ça n'est pas une entorse que vous avez au pied... Ça n'est qu'une confusion... Ne bougez pas, je vais chercher le pharmacien.

TOTOTE, *le retenant*

Mais vous disiez qu'il était couché avec une femme ici ?

TOUMOCHE

Oui... et il va en faire une bougie quand il va en trouver une autre... Ah ! il va l'être épaté ! (*En sortant 1er plan droite*). E-pa-té !

SCÈNE XIX

TOTOTE, *se dressant*

Tu parles qu'il le sera... Foi de Totote... (*Elle se lève*). — Ah ! Ah ! (*Elle se tord de rire*) ce que j'ai trouvé un bon

truc, pour me faire introduire chez ce salaud de Cyprien...
Ah ! le bandit, pour pouvoir se marier, il m'a envoyée à
Londres... sous le prétexte d'acheter un nouvel onguent
pour les cors aux pieds !... et j'ai marché avec ses cors...
En arrivant à Calais... je jette un coup d'œil sur le journal
et qu'est-ce que je vois... l'annonce du mariage de mon
lâcheur ! (*Eclatant en larmes*). Ah non ! non ! il n'est pas
permis de plaquer une femme comme ça !... le mufle... Où
est-elle sa légitime que je la retourne?... Sapristi ! que j'ai
soif ! (*Elle boit*). Et maintenant j'ai mon plan... Je prouverai
à Cyprien que Totote n'est pas une gourde... Ah ! tu te
maries sans ma permission... (*Elle se déshabille*)... je te
ferai bien divorcer mufle ! Plaquer une femme qui a boulotté votre galette ça ne se fait pas... Du bruit?... Allez-y !
(*Elle se couche*). Maintenant... attention ! (*Elle éteint
l'électricité*).

(*Nuit sur le théâtre*).

SCÈNE XX

TOTOTE, *puis* CYPRIEN

CYPRIEN, *entrant, à part, du 1er plan droite.*

C'est drôle, l'agent n'était plus devant la porte... (*Se
déshabillant aussi. Haut*). C'est moi : J'ai fait vite n'est-ce
pas... ma chérie.. Vous n'avez pas trouvé le temps long.
Tu sais, moi, je ne vivais plus... je t'adore... il ne faut pas
dormir encore... me voici... j'ai réveillé Potard... il va
rester en bas... et je ne me dérangerai plus... Me voici...
chérie... je t'adore... (*Il se couche*) et toi... (*Enlaçant Totote*).
Est-ce que tu m'aimes ?

TOTOTE (1)

Oh ! oui.

CYPRIEN (2)

Vrai ?... ah ! je savais bien... (*A part*). Etonnantes les
femmes. (*Haut*). Alors, on a moins peur de son petit
mari ? chérie ? Tu va m'aimer... dis ?...

TOTOTE

Ça colle !

CYPRIEN

Hein ?

TOTOTE

J'te gobe !

CYPRIEN, *à part*

Comme son langage a changé ! Ah ! les femmes !...
(*Haut*). Comme tu es belle !

TOTOTE

Tu parles... mon bonhomme...

CYPRIEN, *se dressant*

Ce n'est pas Rosa... qui êtes-vous ? (*Il veut allumer*).

TOTOTE, *lui retenant le bras*

Pas de blague... Viens... mon gosse... j'te pardonne
tout.

CYPRIEN, *sautant à bas du lit*

Son gosse... c'est Totote !... ici !... Totote... Enfer et
damnation !

TOTOTE

Oui Totote... en chair et pas en noce. (*Elle allume*

CYPRIEN, *à part*

Foutu ! Je suis foutu !

TOTOTE, *assise sur le lit*

Ah ! tu croyais trouver dans l'pieu ta rosière ?... T'as
trouvé d'la peau...

CYPRIEN (1)

De la peau ! c'est le mot juste...

TOTOTE, *se levant, descend à droite* (2)

Tu peux m'agoniser, j'men fous... j'te tiens, mon p'tit...

CYPRIEN

Lâche-moi.

TOTOTE, *le cramponnant*

Ah ! t'as voulu m'la faire à la peau de toutou... Tu m'as
expédiée à Londres... pour des cors... salaud...

CYPRIEN, *baissant la voix*

Pas d'esclandre... Que veux-tu ?

TOTOTE

Coucher avec toi cette nuit !

CYPRIEN, *à part, affolé*

Oh ! si Rosa entrait ! (*Haut*). Mais...

TOTOTE

Oui, ça t'embête... t'es marié... mais ça n'a pas d'importance... demain, ta femme te plaquera . tu divorceras, moi je te pardonnerai un moment d'égarement...

CYPRIEN, *à part*

Et la galette ! Ah ! non ! (*Haut*). Voyons... Rosa...

TOTOTE

Ah ! m'insulte pas...

CYPRIEN

Totote. . Écoute... jouons cartes sur table... combien veux-tu ? J'achète ton silence...

TOTOTE, *furieuse*

De l'argent ? pour qui me prends-tu ?

CYPRIEN

Chut ! Moins haut ! malheureuse !

TOTOTE

Je ne veux que de l'amour... ton amour...

CYPRIEN

Tu l'auras.

TOTOTE

Tout de suite.

CYPRIEN

Et puis... après... tu me quitteras... momentanément.

TOTOTE

Des nèfles... après... on recommencera.

CYPRIEN, *à part*

Oh ! la catastrophe !

TOTOTE

Pourquoi m'as-tu plaquée ?

CYPRIEN

Moi ?... c'est faux...

TOTOTE

Je te savais à fond de calé et je ne voulais plus te rien coûter... j'suis pas une rosse, moi ! J'ai pris un petit vieux bien propre... comme ça, je pouvais t'aimer à l'œil... et tu me plaques ! Oh ! mon cochon, on ne lâche pas une femme qui vous gobe, comme un pigeon voyageur !

CYPRIEN

Je t'en supplie... tais-toi... si on t'entendait !

TOTOTE

M'en fous ! puisque tu ne veux plus de moi... je t'emmiellerai jusqu'à la gauche ! d'abord où est-elle, ta rosière, que je la dévore !..

CYPRIEN, *furieux*

Mais ! tais-toi donc !

TOTOTE

Je gueulerai !

CYPRIEN, *lui mettant la main sur la bouche*

Totote !

TOTOTE, *le serrant à la gorge*

Chameau !

CYPRIEN

Plus bas !

TOTOTE

J'te boufferai aussi !

CYPRIEN

On vient !... tais-toi !...

TOTOTE

Apache. (*Cyprien lui ferme la bouche et la pousse sur le lit*). Tu me fais mal... assassin...

CYPRIEN

Grâce... on va rentrer.

TOTOTE

Au secours !

(*Il la couche, jette draps et couverture sur Totote, puis s'assied dessus*).

SCÈNE XXI

LES MÊMES, EUSÉBIE

Entre du 2ᵉ plan à droite en toilette de nuit grotesque.

EUSÉBIE (2)

C'est toi qui m'appelles, fifille ?

CYPRIEN (1)

Chut !... Elle dort !... Retirez-vous...

EUSÉBIE

Vous faisiez bien du bruit...

CYPRIEN

Oui... on... on rigolait.

EUSÉBIE

Vous n'avez pas brusqué ?

CYPRIEN

Non... non... du tout !

EUSÉBIE

Attention... je vais veiller toute la nuit.
(Elle sort 2ᵉ plan à droite).

SCÈNE XXII

TOTOTE, CYPRIEN

CYPRIEN (2), *se levant et délivrant Totote*

Et maintenant... du calme...

TOTOTE (1)

De quoi !... Tu crois que ça va se passer comme ça

CYPRIEN

Oh ! si les agents pouvaient monter ! Comment a-t-elle
pu s'introduire ici ?

TOTOTE, *lui montrant le lit*

Faut marcher à présent... ou je braille !...

CYPRIEN

Parlons sérieusement... je t'en conjure...

TOTOTE

Au plumard... c'est là que je veux causer avec toi...

CYPRIEN, *à part*

Que faire mon Dieu ! Que faire ! (*Haut*). Voyons...

TOTOTE, *élevant la voix*

Tu refuses ?

CYPRIEN

Totote... au nom du passé...

TOTOTE

Du flan !

CYPRIEN

Je t'en supplie...

TOTOTE

Ah ! tu m'as plaquée...

CYPRIEN, *affolé*

On va entrer...

TOTOTE, *montrant le lit*

Je m'en contrefiche !... Tu ne veux pas venir ?

CYPRIEN

Quoi faire ?

TOTOTE

M'épouser...

CYPRIEN

Mais puisque... je suis... (*A part*) C'est abominable ! et
l'exploit de Maître Chopin... Demain c'est la saisie !!! la ruine.

TOTOTE, *se roulant sur le lit*

Tu ne veux pas... je sens que je vais avoir une attaque !
(*Elle a une crise de nerfs*)... Ah ! ah ! ah !

CYPRIEN, *effondré*

La crise ? Perdu !... On vient ! Plongeons !
(*Il éteint la lumière et se cache sous la table. Nuit*).

SCÈNE XXIII

LES MÊMES, EUSÉBIE *en toilette de nuit grotesque*

(3) EUSÉBIE, *entrant du 2e plan à droite courant au lit.*

Fifille ! Tu m'as appelée cette fois... Qu'est-ce que tu as
fifille ?

CYPRIEN (1), *sous la table, à part*

Ça y est !...

TOTOTE (2), *dans sa crise*

Oh ! ma tête... ma tête...

EUSÉBIE

Ce monstre d'homme t'a fait souffrir ?

TOTOTE

Oh ! oui.

EUSÉBIE

Il t'a fait beaucoup de mal ?

TOTOTE

Oh ! le cochon !

EUSÉBIE

Le cochon !... qu'est-ce qu'il a pu lui faire ! Oh ! ma
chérie où est-il que je l'étrangle ?

CYPRIEN, *à part*

Aïe ! aïe ! aïe !

TOTOTE, *gémissant*

Oh !

EUSÉBIE

Ce que les femmes sont malheureuses... Il m'avait pour
tant promis de ne pas agir avec brutalité...

TOTOTE, revenue à elle

Il m'avait bien promis autre chose.

EUSÉBIE

Et il t'a brusquée ?

TOTOTE

Il m'a porté un coup !

EUSÉBIE

Pauvre petite !

TOTOTE

Qui m'a transpercée jusqu'au cœur !

EUSÉBIE

Jusqu'au !... oh ! le satyre ! Mais qu'est-ce qu'il lui faut à ce misérable ? Viens... quitte ce triste personnage...

TOTOTE

Non !... je le veux encore...

EUSÉBIE

Mais malheureuse, c'est de la passion.

TOTOTE

Oui ! je l'gobe... je l'ai dans la peau !

CYPRIEN, à part

Ça se gâte !... Adieu ma pharmacie !

EUSÉBIE

Peux-tu parler ainsi sans rougir...

TOTOTE

Ça s'voit pas si j'rougis, j'ai soufflé la callebombe...

EUSÉBIE

La callebombe ! Mais je deviens folle !... (Elle allume).

CYPRIEN, à part

Je suis au fond d'un précipice...

EUSÉBIE, affolée descend à droite

Ce n'est pas Rosa !... Où est-elle ?... Qui est cette femme ? (Criant remontant au fond). Mon chienchien ! Au secours ! à l'aide. Viens vite !

TOTOTE

On va rigoler... Ménageons nos effets... (*Elle se cache sous la couverture*).

CYPRIEN, *à part*

L'affaire est dans le sac : Résignons-nous ! (*Il sort de sa cachette*).

EUSÉBIE, *hurlant*

Au secours ! à l'assassin !...

SCÈNE XXIV

TOUS LES PERSONNAGES

(*Rosa (1) entre du 1er plan à gauche, et Flan (4) entre du 2e plan droite en toilette de nuit, Célina entre du 2e plan à gauche descend extrême-droite (6) Potard (7) à demi éméché paraît 1er plan à droite*).

Qu'est-ce qu'il y a ?

EUSÉBIE (5)

Il y a que le rouge me monte au visage ! Il y a une femme dans le lit de M. Pécuchet !

TOUS

Oh !

EUSÉBIE

Une gourgandine ! Une créature !

CYPRIEN (2), *à part*

Perdu ! (*Il s'assied à droite de la table*).

POTARD (7), *à part*

Une femme ! c'est Totote ! (*A Célina*). Nous sommes foutus !

CÉLINA (6)

Pour sûr !

FLAN (4)

Ai-je eu une bonne inspiration de ne pas donner la dot ? Alors Monsieur, tout à l'heure, on a trouvé des cheveux dans votre table de nuit... maintenant, c'est une illégitime qui se vautre dans votre lit ? Qu'avez-vous à répondre ?

CYPRIEN, *effondré*

Rien ! vous ne me croiriez pas !

FLAN

Eusébie et toi, fifille, habillez-vous et quittons ce lieu de débauche. *(A Cyprien)*. Pourquoi, misérable, avez-vous voulu entrer dans une famille aux mœurs pures, aux principes intangibles ? Pourquoi le soir même de vos noces avez-vous amené dans le lit nuptial une concubine ?... et quelle femme ?... *(Il va au lit et arrache les couvertures)*.

TOTOTE (3)

Coucou ! la voilà ! *(Reconnaissant Flan)*. Zut ! mon vieux !

FLAN, *bas à Totote*

Hein ! Vous ! vous ici ?

CYPRIEN, *à part*

Il la connaît ! Est-ce que ça ne serait pas lui le petit vieux.

EUSÉBIE, *inquiète à Flan*

Qu'est-ce que tu dis ?

CYPRIEN

Oui, qu'est-ce que vous dites ?

FLAN, *furieux à Cyprien*

Je dis que vous vous payez ma tête... Je la connais cette dame... elle est trop vertueuse pour être votre maîtresse ? Non, monsieur, ce n'est pas une créature, ni une gourgandine.

CYPRIEN

Qui vous a dit le contraire ?

FLAN

Cette dame fait partie de notre ligue, je connais ses sentiments, et je vous mets au défi de prouver que vous l'avez amenée dans votre lit dans un but immoral.

SCÈNE XXV

LES MÊMES, L'AGENT TOUMOCHE

CYPRIEN

Elle y est venue toute seule.

TOTOTE

J'y suis venue amenée par un agent...

TOUMOCHE, *entrant du 1ᵉʳ plan à droite*

L'Agent Toumoche, pour vous servir !!! (*A Totote*). Votre jambe elle est guérite...

TOTOTE

Vous l'entendez... si je suis ici, c'est comme malade... pas autrement.

FLAN

Ah ! je le savais bien ! Pourquoi ne le disiez-vous pas tout de suite ?

CYPRIEN

Vous ne m'auriez pas cru. (*Bas*). Tu es son amant... La dot, ou je dis tout...

EUSÉBIE

Que dites-vous ?...

CYPRIEN

Que j'adore votre fille.

FLAN

Et bien je répare mes torts... Mon gendre, je vous fais mes excuses et voici la dot... (*Lui donnant une liasse de billets*).

CYPRIEN

Merci, beau-papa..

POTARD

Tra la la la la la (*S'arrêtant*). Pardon, c'est nerveux.

FLAN, *à Totote*

Vous sentez-vous mieux mon enfant ?...

TOTOTE, *dans le lit*

Couci-couçà !

EUSÉBIE

On va l'hospitaliser dans la chambre d'amis.

FLAN

C'est une idée généreuse.

EUSÉBIE

Et tu la soigneras, chienchien... moi j'suis harassée.

FLAN

Oui... allez tous vous reposer. Je lui ferai de la tisane...

CYPRIEN

Elle a besoin de calmants.

FLAN

Je m'en charge...

TOTOTE, *descendant du lit regardant Cyprien*

J'aimerais mieux autre chose.

EUSÉBIE

Au lit !

CYPRIEN, *à Rosa*

Enfin !

ROSA

On dormira...

POTARD *à Célina, à part*

Célina... l'affaire est dans le sac !

CÉLINA

On sera payés...

TOUMOCHE, *saluant*

Mesdames, Messieurs, la compagnie...
(*Tous s'apprêtent à sortir par différentes portes. Cyprien
enlace Rosa, Flan emmène Totote, soudain la sonnerie re-
tentit*).

TOUS

Ah ! non !

TOUMOCHE

Dormez en paix, j'vas couper le fil.

RIDEAU

Imp. Thiolat Frères, Saint-Amand (Cher). — Ph. Laloue. Agent.
35, Rue Boulard, Paris.

DERNIERS VAUDEVILLES PARUS

	Femmes	Hommes
Un Coq pour deux Poules	2	1
L'Hôtel des Amours	3	3
Bonne par intérim	2	2
Il y a Dubois et Dubois	3	2
Un véritable Ami	2	2
Un Maire sans culotte	2	3
Le Portefeuille	2	3
Le Secrétaire	2	2
Les Filles de l'hôte	3	4
Cours de maintien	2	2
La pipe	2	3
La Lanterne rouge	2	3
Ces sacrées Femmes	4	4
La patte de Homard	2	3
Leur Proie, drame	2	1
Le Docteur Fénike	3	4
Rendez-moi ma femme	2	3
Le Sauveur	3	3
Le Mariage de Laure	2	4
Le Cœur et la Loi, drame	3	4
L'Étau, drame	1	5
Le roi va à dame	2	3
La Revanche du Bagnard, drame	2	2
L'Abbé Fleuriot, comédie	3	3
Le Pianophobe	1	1
Panuchard	3	3
Le Vieux, drame (Répertoire du Grand Guignol)	2	3
Oh! la Vache	2	3
L'utilité du Mari	1	1